KB180868

한국 희곡 명작선 12

뮤지컬 황금잎사귀

한국 희곡 명작선 12

뮤지컬

황금잎사귀

박정기

평민사

박정기

뮤지컬 황금잎사귀

작의(作意)

20년 동안 난(蘭)에 관심을 기울이고, 난을 기르면서 거기에서 지득한 식물학적 지식과 한반도에서 자생하고 있는 난과에 속하는 식물들의 특성과 서식지를 연구해, 난 이야기를 내용으로 하고, 난을 의인화시켜 만든 뮤지컬이다.

이 뮤지컬을 관람한 사람들이, 난은 물론, 나무 한 그루 풀 한 포기에 더욱 관심을 기울여주고, 자연을 사랑하는 공감대가 형성되었으면 하는 바람이다.

줄거리

조그만 난(蘭) 가게를 하는 영석은 선숙과의 결혼비용을 마련하려고 자생란(自生蘭) 중에 가장 값이 비싼 중투(中透)를 캐기 위해 사곡(蛇谷)으로 가기로 결심한다. 영석의 아버지는 사곡이 천길만길 낭떠러지 아래에 있을 뿐 아니라, 햇볕이 잘 비추지를 않아, 난은커녕 풀 한 포기나 짐승 한 마리도 살 수 없는 곳이라고 가려는 것을 만류한다. 그러나 할아버지의 유언대로 사곡에 중투가 자생하고 있다는 말을 믿은 영석이 가기를 고집하니, 아버지도 영석을 따라 함께 산행을 하게 된다. 두 사람은 위험을 무릅쓰고 사곡에 도착하지만 돌풍을 만나 함께 절벽 아래로 떨어져 기절한다.

사곡에는 알맞은 온도와 적당한 습도 그리고 필요한 만큼의 광선으로 엄청난 양의 중투가 자생하고 있었다. 중투들에겐 여왕이 있어서 모든 난을 지배할 뿐 아니라, 사곡의 짐승까지 여왕의 뜻대로 움직여, 누구건 중투를 채취하기만 하면 독사나 수리부엉이의 공격을 받게 하는 등의 방어력을 갖추고 자생지를 지켜오는 중이었다.

두 사람의 침입에 대해 중투들은 어떻게 대처해야 할 것인가 격론을 벌이지만 두 사람이 정신을 차린 후에 취하는 행동에 따라 결정하기로 하고 기절상태에서 깨어나도록 한다.

두 사람은 곧 깨어난다. 눈앞에 중투를 발견한 아버지는 빨리 캐려고 호미를 꺼낸다. 그러나 영석은 할아버지가 왜 한 뿌리의 난도 캐지를 않고 이 골짜기에서 되돌아 나왔는지를 설명하며, 이 아름다운 천연온실에서 마음껏 자라고 있는 중투를 한 촉이라도 건드려서는 안 된다며, 그냥 되돌아가자고 아버지의 난 채취를 만류한다. 그러나 아버지는 중투에 손을 대게 되고, 두 사람은 독사떼의 공격을 받아 쓰러진다.

두 사람이 쓰러지는 꿈을 꾼 선숙은 영석이 죽을까봐 오빠들에게 영석이 간 사곡의 위치를 알려준다. 오빠들은 곧바로 사곡으로 떠난다.

영석과 아버지를 죽게 내버려 둘 것인지 아닌지를 가지고 난들은 의견이 분분하다. 난 중에는 영석이 자신들을 건드리지 못하도록 아버지를 말렸다며, 이십 년 전에 이 골짜기로 내려와 자신들을 다치지 않고 돌아간 바로 그 사람의 아들과 손자일 것이니, 다시 한 번 깨어나게 해서 아들이 아버지를 설득할 기회를 주자고 여왕에게 간청한다. 여왕은 두 사람이 깨어나도록 조처한다.

다시 깨어난 두 사람은 중투의 아름다움을 노래하며, 한 뿌리의 중투에도 손을 대지 않고 사곡을 떠나려 한다. 그때 선숙이의 오라비들이 김차섭을 데리고 골짜기로 내려온다. 세 사람은 중투를 발견하고 곧바로 캐려한다. 영석과 아버지가 제지하지만 그들은 막무가내로 중투에 손을 댄다, 세 사람은 수리부엉이의 공격으로 실명을 하고 곧이어 독사떼의 습격을 받아 목숨을 잃는다. 이 무서운 광경을 뒤로하고 영석과 아버지는 사곡을 빠져나온다.

영석이 없는 동안 영석의 난 가게를 지키던 선숙은, 영석과 아버지가 돌아오자 반기며, 자신이 가게를 보는 동안 가게 안에 있는 춘란에 물을 줄 때, 쌀뜨물을 섞어주었는데, 춘란의 색깔이 노랗게 변했다고 미안해한다. 영석은 가게 안에 있는 춘란을 보고 놀란다, 모든 춘란이 모두 중투로 변해 있는 것이 아닌가? 세 사람은 기뻐하며 난의 찬가를 부르고, 부자가 된 영석은 선숙과 혼례를 치르게 된다.

노래 순서

노래 1 (합 창) 난의 찬가
노래 2 (합 창) 마리산 찬가
노래 3 (영 석) 달맞이꽃
노래 4 (선 숙) 사랑 먹고 사나?
노래 5 (영 석) 산삼을 캐면
노래 6-1 (남자들) 뱁새와 황새
    6-2 (남자들) 나타나지 마!
노래 7 (선 숙) 달님! 가르쳐 주세요!

등장인물

여 왕 / 노 인 / 영 석 / 선 숙 / 아버지 / 김차섭 / 남자 1
남자 2 / 난녀 1 / 난녀 2 / 난녀 3 / 난녀 4 / 사람들

때

현대

서장(序場)

조명이 들어오면 난녀(蘭女)들의 군무(群舞)와 합창이 시작된다.

난녀들 (노래)
금실로 수를 놓은들 그대처럼 찬란하며
은실로 수를 놓은들 그대처럼 영롱하랴
은빛 이슬을 머금은 금빛 잎새를 펼쳐
맑고 그윽한 꽃향 바람결에 실려 보내면
아득히 먼 곳에 계신 내 사랑하는 님의
가슴속 깊은 곳까지 청아한 난향이 전해지는 것을
아! 난이여 나의 사랑 나의 난이여
나 그대를 아끼리 나 영원히 그대를 사랑하리.

금빛의상의 여왕이 무대 중앙으로 온다.

여 왕 반갑습니다. 저는 여왕(女王)입니다. 한 나라의 여왕이
아니라, 우리나라에서 자생(自生)하는 난(蘭)의 여왕이
죠. 자생란 중에는 여러분께서 잘 아시는 춘란을 비롯
해서 한란(寒蘭)이나 소심(素心)이 있고, 또 풍란(風蘭)이

나 석곡(石斛)처럼 바위틈이나 나무 등걸에 뿌리를 내리고 사는 종류가 있는가 하면, 새우란이나 해오라기란 그리고 복주머니란 같이 흙에 뿌리를 내리고 사는 것이랑 꽤 많은 종류가 있는데, 그중에서 가장 값어치가 있는 것은 중투(中透)라고 부르는 춘란의 변이종(變異種)으로, 잎에 금빛 무늬가 들어있는 희귀종(稀貴種)인데다가 값이 산삼(山蔘)보다도 더 비싸서, 난 애호가라면 누구나 탐을 낸답니다. 제가 바로 중투에요. 제가 어디에 있느냐구요? 저와 비슷한 종류는 우리나라 남쪽지방 바닷가 부근의 야산(野山)에서 발견되기도 하지만, 제가 있는 곳은 사곡(蛇谷)이라고… 뱀 사자를 쓰기도 하고, 죽을 사자(死字)를 쓰기도 하는 골짜기인데…

마리산의 전경이 배경막에 나타난다.

난녀들   (노래한다)

허공에 우뚝 솟은 마리산을 보아라
구름 위에 치솟은 신령스런 봉우리
조상님이 물려주신 풍요한 삶의 근원
바라만 보아도 가슴이 뛰네
천길 아래 안개 낀 동남쪽 골짜기
독사가 있어 사곡일까? 죽음이 서려서 사곡일까?
마리산 사곡은 갈 수 없는 곳

전해 오는 이야기를 믿지 못하나
그곳은 찬란한 중투의 나라
그곳에 가서 돌아온 이 없으니
세월은 흘러도 전설만 남아있네.

배경막의 영상이 사라진다.

여 왕 여러분! 사곡으로 오시는 길은 마리산 정상을 오른 후
에 동남쪽으로 난 길을 따라 계곡으로 내려와야 하는
데, 산정상이나 골짜기에는 늦가을부터 이듬해 봄까지
눈에 덮여 있는데다가, 정상을 오르려면 거의 수직에
가까운 암벽을 기어올라야 하고, 골짜기까지는 깎아지
른듯한 낭떠러지를 밧줄에 매달려 한 시간 가량 내려와
야 하기 때문에, 자칫하다가는 목숨을 잃게 되죠. 그동
안 많은 사람들이 중투를 찾으려고 사곡으로 내려오다
가 절벽에서 떨어져 목숨을 잃었습니다. 간혹 계곡까지
무사히 내려온 사람도 있었지만, 중투를 탐내고 중투에
손을 대었기 때문에 죽은 사람도 있었답니다. 왜냐하면
중투에 손을 대는 사람은 반드시 죽도록 되어있거든요.
일종의 방어수단이라고 할까요…? 어쨌건 많은 사람이
중투 때문에 목숨을 잃었습니다. 산을 오르다가… 골짜
기로 내려오다가… 중투에 손을 대었다가… 그런데 꼭
한 사람, 사곡에서 돌아간 사람이 있었어요. 그 사람은

죽일 수가 없었죠. 또 죽여서는 안 될 사람이었고요. 어째서 그랬는지 아세요? 곧 아시게 될 거예요.

1장

어둠속에서 폭우가 쏟아지고 천둥과 번개가 계속된다.
노인이 비틀거리며 집 가까이 와서 창문의 불빛이 비추는 곳
으로 다가간다.

노 인   영석아! 영석아! (쓰러진다)

영 석   (문을 와락 열고 뛰어나온다) 할아버지! 아니? 피! 이 피를
좀 봐! 할아버지! 이게 어떻게 된 일이에요? 어디서 이렇
게 많이 다치셨어요? (노인을 부축해 방으로 들어간다)

방안으로 들어가 노인을 자리에 눕히는 영석.

영 석   할아버지! 의사를 불러올게요! (나가려 한다)

노 인   아니다 영석아! (가까이 오라고 손짓한다)

영 석   예? 가까이 오라고요? (다가가 노인의 입에 귀를 댄다)

노 인   (속삭인다)

영 석   네? 사곡에 중투가 있다고요?

노 인   많이…! (고개를 옆으로 떨어뜨린다)

영 석   할아버지! 할아버지!

천둥과 번개가 계속되며 fade out.

13

2장

뒷동산.

선숙이 이젤을 세워놓고 그림을 그린다. 영석이 다가온다.

영 석 (노래한다)

달맞이꽃보다 더 예쁘고

들국화보다 더 향기로운 너

마리산 기슭에서 널 보던 날

온 세상 다른 여자들을 다 잊었지

온실 가득한 꽃들에게 말했지

들판 가득 찬 들꽃에게 말했지

세상에 제일 예쁜 꽃은

내 사랑 선숙이 바로 너라고

선 숙 영석씨!

영 석 맞선을 봤다고? 내가 있는데 어떻게 맞선을 봐? 너희 집에서도 내가 너하고 가깝게 지내는 것을 알잖아?

선 숙 그야 그렇지만 영석씨가 내 결혼상대라고는 생각을 안 하시나봐. 그런데 이번에 선을 본 사람은 양쪽 집안에서 다 좋다고 그러셔…

영 석 듣기 싫어! 말이 되는 소리야? 그리고 너도 그렇지! 왜 좋아하는 사람이 있다고 상대방에게 얘기를 안 하는 거야?

선 숙 어떻게 그걸 선 보는 자리에서 얘기를 해?

영 석 왜 못해? 도대체 누구야? 선을 본 상대가?

선 숙 김차섭이라고… 부자래. 읍내에서 제일가는…

영 석 김차섭? 아! 그 나이 많은 홀아비? 자식도 두 명인가 있고… 아니? 그런 데로 시집을 가겠다는 거야? 늙은 홀아비 후취로?

선 숙 후취면 어때? 갑부라는 걸, 게다가 젊어 보였어.

영 석 젊어 보여? 젊어 보이면 뭘 해? 나이가 있는데…

선 숙 그리고 얼마나 겸손한지 몰라… 사람이 된 사람이더군. 인상도 깨끗하고, 온순한데다가 착해 보였어.

영 석 뭐야? 깨끗하고, 온순하고, 착해 보였다고? 그럼 나는 악해 보인단 말이야?

선 숙 그렇지는 않지만 영석씨는 돈이 없잖아? 나하고 결혼하면 어떻게 살 거야? 당장 먹고 사는 것부터 걱정해야할 텐데… 그리고 결혼식 치를 돈이나 있어?

영 석 어떻게 마련하면 되겠지 뭐…?

선 숙 어떻게 마련하는데?

영 석 누가 알아? 산삼이나 중투를 발견하게 될지?

선 숙 산삼이나 중투? 꿈같은 소리하네! 중투를 캐는 것은 하늘의 별을 따는 것보다 더 힘들어! 산삼도 마찬가지고! 지금 영석씨 집이 산채를 해서 갖다 파는 약초나 산나

물을 가지고는 영석씨 집이 사는 것만으로도 **빠듯할** 텐
데, 한 식구가 불어나면 어떻게 돼? 더 어려워지잖아?
그 뿐인가? 결혼해서 애라도 생겨나봐! 아기는 무엇으
로 키울 거야? 어떻게 키울 거냐고?

(노래)
들꽃 팔아 들풀 팔아 값 비싼 결혼반지 살 수 있을까?
들꽃 팔아 들풀 팔아 고운 아기 꼬까옷 살 수 있을까?
들꽃 팔고 들풀 팔며 한숨짓고 사나? 눈물짓고 사나?
아무 것도 없는 오두막에서
들풀 먹고 사나? 사랑 먹고 사나?

영 석　(노래)
내가 산에 가서 산삼을 찾아내고
내가 사곡에 가서 중투를 캔다면
그까짓 결혼비용 문제가 되나?
내가 산에 가서 산삼을 찾아내고
내가 사곡에 가서 중투를 캔다면
그까짓 아기 꼬까 문제가 되나?
사곡에 가, 황금 잎새 중투를 캐서
결혼반지 아기 꼬까 살 수 있다면
그까짓 독사가 문제될 거나?
그까짓 죽음이 문제될 거나?

선 숙	그만해! 영석씨하고 결혼하면 고생문이 훤해!
영 석	뭐야? 그렇다면 여태까지는 왜 사귀어 왔어? 왜 나를 졸졸 따라 다녔느냐고?
선 숙	누가 따라다녀? 먼저 치근거린 게 누군데? 어쨌건 남녀가 사귈 수 있는 거 아냐? 그냥 말이야.
영 석	뭐가 어째? 그냥 사귄다고? 그럼 내가 그냥 사귀는 상대였단 말이야?
선 숙	꼭 그렇지는 않지만, 아니라고도 할 수 없지.
영 석	뭐야? 말 다 했어?
선 숙	다 했어! 왜?
영 석	죽여 버릴까보다!
선 숙	죽여 봐! 못 죽여도 바보다!
영 석	어휴…!
선 숙	(영석의 가슴을 치며) 죽여 보라니까!
영 석	에잇! (선숙을 자빠뜨린다)
선 숙	아쭈…?

두 사람 엎치락뒤치락 뒹군다.

영 석	선숙아! 다른 데로 시집가면 안 돼! (끌어안고 입 맞춘다)
선 숙	이러지 마! 이러면 안 돼! 싫어!

3장

무대중앙.

오토바이를 타고 남자1과 2가 등장해 영석을 구타한다. 영석
도 대항하지만 힘이 달린다. 쓰러지는 영석.

남자 1   (걷어차며) 이 새끼야! 선숙이를 만나지 말랬잖아? 네까
짓 놈하고 우리 선숙이가 상대나 돼?

남자 2   (함께 차며) 다시 선숙이를 끌어내면 죽여 버릴 테야!

남자1,2   (노래)

뱁새야 황새를 따라가지 마라

똥차야 쎄단을 앞지르지 마라

너는 뱁새고 김차섭은 황새

너는 뱁새고 선숙이는 황새

뱁새야 황새를 따라가지 마라

뱁새가 황새를 따라가려면

바짓가랑이가 찢어진다네

두 다리가 몽땅 부러진다네

남자 1   알았어? 알았으면 알았다고 대답을 해! (다시 걷어차며)
어서!

남자 2 그만해! (영석에게 다가가며) 영석아, 너… 중투가 많이 있는 데를 안다고 했다면서? 내 동생 선숙이를 갖고 싶다면, 중투를 캐가지고 와! 아니면 중투가 많이 있는 장소를 우리한테 가르쳐 주든지…

남자 1 영석아, 너… 중투가 많이 있는 데를 알지?

영 석 몰라!

남자 2 정말 모르냐?

영 석 모른다고!

남자 1 너 혼자만 중투 캐서 재미 보자는 것 아냐?

영 석 아니라고!

남자 2 그래? 그런데 왜 아는 것처럼 떠벌리고 다녀? 너, 선숙이 앞에 얼쩡거리지 마!

남자 1 (영석을 때리며 노래한다)
다시는 선숙 앞에 나타나지 마
다시는 선숙이를 꼬셔내지 마
못 오를 나무는 쳐다보지 마
못 먹을 감은 찔러보지 마

남자 2 뱁새야 황새를 따라가지 마
똥차야 쎄단을 앞지르지 마
너는 뱁새 김차섭은 황새
너는 뱁새 선이는 황새

남자 1,2 뱁새야 황새를 따라가지 마
뱁새가 황새를 따라가며는

바짓가랑이가 찢어진다네,

두 다리가 몽땅 부러진다네.

남자 1   너 다시 선숙이 앞에 나타나기만 하면, 네 목숨은 끝장
이야! 알겠어?

4장

무대 왼쪽.

김차섭과 선숙 그리고 남자1,2가 테이블 주위에 앉아있다.

김차섭 이번 총선에 출마할 겁니다. 오라버니들과 함께 선숙씨
도 많이 도와주십시오.

선 숙 왜 출마하시는데요?

김차섭 왜 출마하다니요? 의원이 되려고 출마하는 거죠.

선 숙 의원이 왜 되려고 그러시는데요?

김차섭 저… 그냥, 의원 한 번 해보려고요. 의원이 되면 좋을
것 같아서요. 국회의원 김차섭, 이러면 좋지 않습니까?
공천 따내려고 손은 다 써놨습니다. 돈이 좀 많이 들기
는 했지만…

남자 1 여기서는 혁신당이 유리합니다. 혁신당으로 들어가시
기를 잘 하셨어요.

선 숙 뭘 혁신했다고 혁신당이죠?

남자 2 혁신이라는 말 자체가 좋은 거 아니냐? (김차섭에게) 그
렇죠?

김차섭 암! 그렇고말고! 혁신 좋지!

5장

무대 오른쪽.
선숙이가 보름달을 바라보고 있다.

선 숙   (노래)

달님! 달님! 가르쳐 주세요

내가 어디로 시집가야 하는지

달님! 난 모르겠어요,

누구한테 시집가야 하는지,

사랑이 없어도 부자한테 갈까요?

가난해도 사랑하는 이에게 갈까요?

사랑 없이 궁궐 같은 집으로 갈까요?

초가삼간으로 시집가 사랑하는 사람과 살까요?

달님! 달님 가르쳐 주세요

내가 어디로 시집가야 하는지?

달님! 난 모르겠어요,

누구한테 시집가야 하는지.

6장

집 앞.

영석이가 등산장비를 갖추고 마당으로 내려선다.

술에 취한 영석의 아버지가 마당으로 들어온다.

아버지 (흥얼거린다) 이 풍진 세상을 만났으니, 그대의 희망이 무엇인가, 부귀와 영화를 누렸으면 희망이 족할까…

영 석 아버지! 또 술 잡수셨어요?

아버지 그래! 한 잔 먹었다.

영 석 어쩌시려고 만날 술을 드세요?

아버지 그거야 네 어머니도 죽고 없는데다가, 너까지 색시감 하나 추스르지 못 해, 색시 오라비들한테 매나 맞고 다니는데, 어떻게 맨 정신으로 살 수 있단 말이냐?

영 석 원− 아버지도! 핑계는…?

아버지 핑계가 아니야! 봐라! 내 직업이 산채 꾼인데, 산채 꾼이면 산채 꾼답게 약초를 캐어다 팔아야 하는데, 요즘에는 약초가 흔하지를 않아서 버섯이나 나물을 뜯어다 팔고 있으니, 나물 캐는 거야 아녀자들이나 할 일이지, 이 아비가 할 노릇이 아니지 않니? 그러니 술을 가까이 하는 수밖에… (다시 흥얼거린다) 푸른 하늘 밝은 달 아래

곰곰이 생각하니, 세상만사가 춘몽 중에 또 다시 꿈같
더라… 내 낙은 술이다…

영 석　술이 무슨 낙이라고 그러세요?

아버지　너는 모른다! 그건 그렇고, 등산장비는 왜… ?

영 석　마리산에 가려고요.

아버지　마리산에를? 거긴 왜?

영 석　사곡에 가서 난을 캐려고요.

아버지　난이라니?

영 석　중투를 말이에요.

아버지　중투를? 이런 미친…! 영석아! 마리산은 너도 알겠지
만, 거의 수직에 가까운 암벽을 기어 올라가야 하는데
다가, 사곡은 천길만길 낭떠러지 아래에 있어서 사람은
물론 짐승들조차 내려가기를 꺼려하는 곳인데, 그런 곳
에 무슨 난이 있다고 캐러 가겠다는 거냐?

영 석　할아버지가 돌아가시기 전에 그러셨어요. 사곡에 중투
가 자생하고 있다고요.

아버지　사곡에 중투가 자생을 해? 하하하… !
（노래한다）
네 할아버진 평생 난에 심취하셨네,
할아버진 평생 난에 흠뻑 빠지셨네
식사 때도 일할 때도 난, 난, 난
자다가도 벌떡 깨서 난, 난, 난
사람마다 수군수군 네 할아버지를

난 때문에 돌았다고 수군거렸다네
할아버지 말씀은 믿을 수 없어
믿었다간 돌았다는 소릴 듣게 돼

영 석 (노래)

그렇지만 할아버진 난이 좋아서
난과 함께 사시다가 돌아가신 분
할아버진 모든 난을 채취하려고
삼천리 방방곡곡 다니시던 분

할아버진 대만, 일본, 중국까지도
난을 캐러 다니시던 분이었다네
어떤 데건 마다 않고 난이 좋아서
위험을 마다하고 다니셨다네

아버지 그래도 사곡에는 안 가셨을 게다.

영 석 사곡에 내려가셨어요. 분명히 내려가 보시고 중투를 발견하셨을 거예요.

아버지 발견하셨다면 어째서 캐어 오시지 않고 빈손으로 돌아오셨겠니? 희귀종을 발견했다면, 너나 나나 그냥 내버려 두고 돌아올 수 있겠니? 더구나 한 촉에 천만 원 넘게 받을 수 있는데도 말이다.

영 석 그렇다면 왜 돌아가시기 전에 그런 말씀을 하셨을까요? 사곡에 중투가 있다고요. 그것도 많이요.

아버지 많이? 정말 실성을…

(노래한다)

할아버진 입버릇처럼 말씀하시던 분

자나 깨나 입버릇처럼 말씀하시던 분

사곡이건 뱀골이건 깊은 골짜기에는

난은커녕 풀 한 포기도 살 수 없노라고

영 석 그렇지 않아요!

아버지 아니긴? 사곡에 중투가 많다는 말씀은 실성을 하셔서 그러신 거라니까!

영 석 그럴 리 없어요! 할아버지는 실성하지 않으셨어요! 저는 가겠어요! 사곡의 밑바닥까지 내려가 본다고요!

아버지 가지마라! 난을 캐려거든 춘란이나 캐라! 우리 뒷산에도 춘란은 지천으로 있지 않니? 춘란만 캐어도 용돈은 될 텐데, 무엇하러 위험한 데를 가?

(노래)

춘란을 캐려무나, 춘란을 캐어라

꽃 한가운데가 눈보다도 더 하얀

춘란소심(春蘭素心)을 캐어라

춘란을 캐려무나 춘란을 캐어라

핀 꽃송이가 꾀꼬리보다 더 노란

춘란 황화(黃花)를 캐어라.

춘란을 캐려무나 춘란을 캐어라

여인의 입술보다도 더 붉디붉은 꽃

춘란 홍화(紅花)를 캐어라

영 석   용돈이나 벌자고 사곡으로 가는 게 아니에요!

아버지   복륜(覆輪)이나 사피(蛇皮)를 캐도 용돈 정도냐?

(노래)

춘란 복륜은 어떠하냐?

잎가에 하얀 줄이 선명하게 들어있는

춘란 복륜을 캐어보아라

춘란 사피는 어떠하냐?

잎 새에 얼룩무늬가 뱀 껍질모양 들어있는

사피를 캐어보아라

영 석   복륜이나 사피요?

아버지   복륜이나 사피를 캔다면, 용돈이 아니라 횡재를 하는 거지!

영 석   그까짓 게 무슨 횡재에요? 복륜이나 사피를 백 촉을 캐도 중투 한 촉 값도 안 되는데… 그리고 복륜이나 사피는 사람들이 발견하는 족족 모조리 캐어버렸기 때문에, 요즘엔 눈에 띄지도 않아요!

아버지   그렇다고 중투가 있는지 없는지 확실하지도 않은 사곡에를 무턱대고 간단 말이냐? 자칫하다가는 목숨을 잃을지도 모르는 데를?

영 석   저는 사곡이 아니라 지옥곡(地獄谷)이라도 중투만 있다면 가겠어요!

아버지   안 된다! 가지 마라!

영 석 가겠어요!

아버지 영석아!

7장

밧줄에 매달려 암벽을 타고 내려오는 아버지와 아들.

아버지 영석아! 정상에 오르는 것도 무척이나 힘이 들었지만 사곡으로 내려가는 길이 이렇게 힘드는 줄은 정말 몰랐구나!

영 석 그러니까 아버지 보고 오시지 말라고 그랬잖아요? 연세 생각을 하셔야죠. 여기가 어디라고 따라오시는 거예요?

아버지 네가 걱정이 되어서 온 거야! 어떻게 너를 혼자 보내니?

영 석 아버지도! 제가 어린앤가요?

아버지 내 눈에는 그렇게 보이는 걸 어쩌겠니? 이러나저러나 벌써 한 시간 가량 암벽을 타고 내려왔는데, 아직도 바닥이 보이지를 않으니, 얼마나 더 내려가야 할까?

영 석 글쎄요…? 골짜기에 짙은 안개가 끼어서 보이지를 않는군요! 아마 거의 다 내려왔을 거예요. 바위에 양치류(羊齒類)에 속하는 식물들이 자라고 있는 것을 보면요.

아버지 양치류라니?

영 석 이끼나 고사리 말이에요.

아버지 이끼나 고사리? 그게 양치류야?

영 석 네! 그늘지고 습한 곳에서 자라나는 이끼와 고사리가 자주 눈에 띄는 것으로 보아 바닥이 멀지 않은 것 같아요.

아버지 영석아! 애비는 지쳤다!

영 석 지치다니요? 그러니까 평소에 술을 좀 덜 드셨어야죠.

아버지 술? 술이라… 술 얘기가 나왔으니 말이지만, 막걸리라도 한 대접 좍 들이키고 내려갔으면 좋겠구나!

영 석 큰일 나게요? 산행(山行)에는 술이 금물인 것을 아버지도 잘 아시잖아요?

아버지 그래도 딱 한잔만 걸치면…

영 석 원- 아버지도! 조금만 기운을 더 내세요! 다 내려왔을 거예요!

갑자기 새의 울음소리와 함께 푸드득 하고 날아가는 소리가 난다. 거대한 수리부엉이의 나는 모습.

아버지 아니? 웬 새가… ?

영 석 수리부엉이에요!

아버지 수리부엉이?

영 석 멸종된 줄로 알고 있었는데, 이 암벽에서 살고 있다니…?

아버지 무엇을 먹고 살까?

영 석   수리부엉이는 맹금류(猛禽類)라서 들쥐나 산토끼를 먹고 살지만…

아버지   맹금류라니?

영 석   독수리나 수리부엉이처럼 몸집이 크고 성질이 사나워서 작은 새나 들짐승을 먹고 사는 종류를 맹금류라고 그래요.

아버지   새 종류라고 그러지, 왜 맹금류라고 그래?

영 석   맹금류라고 그래요. 맹금류는 들쥐나 산토끼를 먹고 살지만, 이 골짜기에는 그런 것이 없으니, 뱀이나 도마뱀 같은 파충류(爬蟲類)를 먹고 살 테죠.

아버지   파충류? 뱀이나 도마뱀이 뱀 종류지, 왜 파충류야?

영 석   파충류예요!

아버지   야! 너 자꾸 양치류다, 맹금류다, 파충류다 하고 이 애비 앞에서 문자 쓸 거야?

영 석   아버지도! 그게 무슨 문자예요?

아버지   문자가 아니면?

영 석   그만 두세요! 어서 내려가기나 하세요.

아버지   아무래도 이 골짜기가 심상치가 않아! 수리부엉이가 뱀을 잡아먹고 산다면, 한두 마리 가지고는 아니 될 테고… 이 골짜기의 이름처럼 이 사곡에 뱀 떼가 우글거리는 게 아냐?

영 석   그럴지도 모르죠. 독사가 떼로 있는지도 모르고요.

아버지   영석아! 괜히 왔나보다! 이 애비는 더 이상 내려가지 않겠다!

영 석   여기까지 오셔서 그게 무슨 말씀이세요? 아무 말씀 마시고 내려가세요.

아버지   아니야! 싫어!

영 석   아버지!

아버지   싫다니까!

영 석   잠깐! 이게 무슨 향이죠?

아버지   향? 무슨 향이 난다고 그래? 오! 정말 향이…!

영 석   아버지! 석란(石蘭)이에요! 암벽에 저렇게 많을 석란이…!

아버지   오! 석곡(石斛)이로구나! 암벽에 저토록 많은 석곡이…!

영 석   꽃이 필 계절도 아닌데, 석란 꽃이 피어서 맑은 향기를 내뿜는군요!

아버지   내 평생에 이토록 엄청난 석곡의 덩어리는 처음 본다! 꽃이 필 계절도 아닌데, 이렇게 많은 꽃이 피어있다니! 영석아! 어서 석곡을 뜯자구나!

영 석   네?

아버지   요즘에는 석곡이 귀하고 값도 비싸서, 엄지손가락만큼 묶어가지고 만 원씩 받는데, 여기 있는 석곡만 뜯어도 몇백만 원은 족히 되겠구나!

영 석   아버지! 석란을 뜯자고 여기까지 내려온 것이 아니잖아요?

아버지   큰 덩어리 하나만 뜯어도 몇십만 원은 받을 텐데, 왜 뜯지 말라는 거냐?

영 석　그냥 내버려두세요!

아버지　아니야! 한 덩어리만 뜯을게!

영 석　건드리지 마세요! 위험해요!

아버지　괜찮다! 조금만 다가가면 될 텐데 뭘…? (석란을 뜯으려 한다)

영 석　안돼요! 움직이지 마세요!

아버지　괜찮다니까!

갑자기 바람이 심하게 부는 소리가 난다.

영 석　돌풍이에요! 조심하세요! 밧줄을 놓으시면 안 됩니다!

아버지　걱정 말라니까! (뜯는다)

영 석　위험해요! 저… 저런!

아버지　어? 영석아! 으악!

영 석　아버지! 아버지! 으악!

바람소리가 거칠어지고 바위가 부딪치며 떨어지는 소리가 커지며 fade—out.

8장

무대 중앙.
초록의상의 난녀(蘭女)들이 아버지와 아들 주위로 몰려든다.

난녀들   (합창)

금실로 수를 놓은들 그대처럼 찬란하며

은실로 수를 놓은들 그대처럼 영롱하랴

은빛 이슬을 머금은 금빛 잎새를 펼쳐

맑고 그윽한 꽃향 바람결에 실려 보내면

아득히 먼 곳에 계신 내 사랑하는 님의

가슴속 깊은 곳까지 청아한 난향이 전해지는 것을

아! 난이여 나의 사랑 나의 난이여

나 그대를 아끼리 나 영원히 그대를 사랑하리

뱀 떼   (합창)

천길 아래 안개 낀 골짜기 사곡

두렵고도 신비한 골짜기 사곡

뱀이 많아 사곡일까? 죽음이 서려서 사곡일까?

우리는 중투의 경호원!

우리는 자연의 경비병!

호미를 가진 자 이곳에 오면

산채 꾼이건, 사냥꾼이건

가리지 않고 죽여버리지 작살을 내지

마리산 사곡은 중투의 나라

마리산 사곡은 독사의 천국

마리산 중투는 자연의 정화

마리산 독사는 자연의 수호자

난녀 1 사람이 떨어졌어! 두 사람씩이나!

난녀 2 산채 꾼이 또 들어온 것 아냐?

난녀 3 산채 꾼일 거야!

난녀 4 죽었나?

난녀 1 아니야, 죽지는 않았어, 숨을 쉬잖아?

난녀 2 높은 곳에서 떨어져서 기절한 것 같아.

난녀 3 그래, 기절했어.

난녀 4 아프겠다. 가엾어라!

난녀 1,2,3 가엾어?

난녀 4 그래.

난녀 1 (노래)

가엾다니, 가엾다니, 천만의 말씀

사람들은 다르다고, 토끼나 사슴하고는

짐승들은 우리들의 잎이나 뜯어먹지만

사람들은 우리들을 송두리째 뽑아가네!

난녀 2 (노래)

가엾다니, 가엾다니, 천만의 말씀

가여울 게 따로 있지 사람들은 아니야

그네들은 우리들을 멸종시키려 해

그러니까 사람들은 가엽지가 않다네.

난녀 4 산채 꾼이 아닌지도 모르잖아?

난녀 1 산채 꾼이 아니라면 이 골짜기에 무엇 하러 내려와?

난녀 2 그러게 말이야. 산채 꾼이니까 죽음을 무릅쓰고 온 거지.

난녀 3 산채 꾼이건 아니건 사람들은 다 나쁘다니까.

난녀 4 그렇지 않을 거야. 봐! 이렇게 아름다운 걸?

난녀1,2,3 아름다워?

난녀 4 그래! 이 하얀 머리카락을 가진 쪽을 좀 봐!

(노래)

여기를 좀 보아요, 어쩌면 이렇게

눈 같이 하얀 머리카락을 가졌는지

여기를 좀 보세요, 어쩌면 이렇게

양 같이 은빛 머리칼을 가졌는지

어쩌면 이렇게 온화한 모습일까요?

어쩌면 이렇게 자애로운 모습일까요?

이 모습 어디에 나쁜 마음이 들어있을까요?

난녀1,2,3 (노래) 나쁜 마음이 들어있을까요?

난녀 4 그리고 이 검은 머리카락을 가진 쪽도 좀 봐!

(노래)

요것 좀 봐, 요렇게 곱슬대는

검은 머리카락

요것 좀 봐, 요렇게 젊음이

넘치는 모습.

요토록 준수하고 빼어난 용모,

순진한 이 모습 어디에 나쁜 뜻이 숨어있을까?

난녀1,2,3 (노래) 나쁜 뜻이 숨어있을까요?

난녀 4 그래!

난녀 1 아무리 잘 생기면 뭘 해? 우리를 송두리째 뽑아가는 산채 꾼인걸!

난녀 2 아름다운 모습 뒤에는 잔혹한 마음이 숨겨져 있어!

난녀 3 겉과 속이 다른 게 사람이야!

난녀 4 그렇지 않아! 그럴 리 없어!

난녀 1 뭐가 그럴 리 없어? 산채 꾼들은 우리들의 잎에다가 복륜이니, 사피니, 중투니 하는 이름을 붙여놓고 값을 정해서 판다는 거야!

난녀 2 어디 잎뿐인가? 우리들의 꽃에도 황화다, 소심이다, 홍화다 하고, 구분을 해서 판다고 했어!

난녀 3 그뿐인가? 사람들은 난 한포기를 한 촉이라 부르고, 촉수를 세어서 판다는 거야!

난녀 4 그렇다면 이 두 사람을 어떻게 하려고?

난녀 1 어떻게 하긴? 처치해야 해!

난녀 2,3 그래! 처치해야 해!

난녀 4 어떻게 처치하는데?

난녀 2,3 (노래)

　　죽여야 하네!

난녀 4 (노래)

　　그건 안돼요!

난녀 2,3 (노래)

　　죽여야 하네!

난녀 4 (노래)

　　산채 꾼인지 아닌지 아직 모르잖아요?

　　확실히 모르면서 어떻게 죽이나요?

난녀 2,3 (노래)

　　사람들은 다 나쁘네, 죽여도 되네!

난녀 4 (노래)

　　다 나쁘다니 말이나 되나요?

　　그럴 리 없으니 죽여선 안 돼요!

난녀 1 (노래)

　　독사떼를 부르자! 독사떼를 부르세!

　　산채 꾼인가 아닌가를 가려내세!

난녀 2 (노래)

　　산채 꾼이라면 내버려 둘 수가 없다네

　　독사떼가 알아서 처치해줄 것이네

난녀 3 (노래)

　　독사떼가 와야 하네! 독사떼를 부르세!

　　산채 꾼이 분명한데 무얼 주저할꼬?

난녀 4 (노래)

산채 꾼이 아니면 어떻게 할 거예요?

산채 꾼이 아니면 어떻게 하느냐고요?

정말로 산채 꾼이면 내가 부를 거예요

정말로 산채 꾼이면 독사를 부르겠어요.

난녀 2,3 (노래)

그러세 독사부터 부르세!

먼저 독사부터 불러내세!

난녀 4 아직은 안 돼! 우선 두 사람의 정신을 차리게 해서 산채 꾼인지 아닌지를 밝히자고!

난의 여왕이 가까이 온다.

여 왕 그 애 말이 맞다! 산채 꾼인지 아닌지를 가려낸 후에 처치해도 늦지 않으리라!

난녀들 여왕님! (모두 무릎을 꿇는다)

여 왕 일어서거라! 그리고 모두들 가서 이슬을 듬뿍 모아 오거라!

난녀들 예. (일어서서 골짜기 안으로 흩어져 간다)

여 왕 (난녀 4에게) 너는 그대로 있어라.

난녀 4 네? 네.

여 왕 (아버지와 아들에게 가까이 간다) 어디 보자. 얼마나 다쳤는지…? (살핀다) 심하게 다친 데는 없는 것 같구나. (얼굴을 들여다본다) 아니? 이럴 수가…!

난녀 4 왜 그러세요, 여왕님?

여 왕 (아버지를 가리키며) 이 사람은 십년 전에 이 골짜기로 내
려온 사람과 너무나도 닮지를 않았는가? 이 하얀 머리
칼하며… 아름다운 모습이며…

난녀 4 십년 전이라뇨?

여 왕 십년 전이었지. 하지만 그때 그 사람은 분명히 아닌
데…

난녀 4 산채 꾼이었나요?

여 왕 산채 꾼이었지. 그 사람도 우리가 만들어 놓은 덫에 걸
려 이리로 추락을 했지. 그 사람도 이 두 사람처럼 심하
게 다친 데가 없이 잠시 기절해 있었는데, 그동안에 우
리도 떨어진 두 사람을 두고, 죽여야 한다느니, 죽여서
는 안 된다느니 하면서 지금의 너희처럼 다퉜느니라.
그때에는 나 혼자서 지금의 너처럼 죽여서는 안 된다고
반대를 했었지.

난녀 4 그러셨군요? 그래서요?

여 왕 그래서 우리는 그 사람의 행동에 따라 대응책을 마련하
기로 하고, 잠시 기다렸지.

할아버지의 모습이 여왕의 설명대로 재현된다.

여 왕 얼마 후 그 사람은 정신을 차리고 일어나서 자신의 몸

을 이리저리 움직여 보고는 별 이상이 없다는 것을 알자, 주위를 둘러보더군. 그러다가 우리를 발견하고는 깜짝 놀라 벌떡 일어서서 우리에게 다가왔지.

할아버지 중투다! (배낭에서 호미를 꺼내든다)

여 왕 우리는 그 사람이 우리에게 손을 대기만 하면 독사떼에게 공격을 하도록 준비를 해 두었기 때문에 호미의 날이 우리에게 떨어지기를 기다렸지. 그랬는데…

할아버지 (중투를 들여다보다가 호미를 내려놓고 노래 부른다)
금실로 수를 놓은들 그대처럼 찬란하며
은실로 수를 놓은들 그대처럼 영롱하랴
은빛 이슬을 머금은 금빛 잎새를 펼쳐
맑고 그윽한 꽃 향 바람결에 실려 보내면
아득히 먼 곳에 계신 내 사랑하는 님의
가슴 속 깊은 곳까지 청아한 난향이 전해지는 것을
아− 난이여 나의 사랑 나의 난이여
나 그대를 아끼리 나 그대를 영원히 사랑하리.

할아버지가 노래를 한 후 그 자리에 앉아 퉁소를 꺼내 불기 시작한다.

여 왕 그 사람의 피리소리는 골짜기 깊은 곳까지 울려 퍼졌지. 그 피리소리가 얼마나 맑고, 그 사람의 노래처럼 아름다운 음률이었는지, 우리는 넋이 나간 듯 그 피리소리에 심취했지.

할아버지는 한동안 열심히 피리를 불다가 호미와 배낭을 그
대로 둔 채, 내려왔던 길로 되돌아간다.

여　왕　한동안 열심히 피리를 불던 그 사람은 호미도 배낭도
　　　　그대로 버려둔 채, 내려왔던 길로 되돌아갔느니라.

난녀 4　어쩌면!

여　왕　한 뿌리의 난도 건드리지를 않고…

난녀 4　오!

여　왕　그것이 십년 전의 일이었는데, 십년 전의 그 사람과 너
　　　　무나도 닮은 두 사람이 떨어져 내려오다니…

난녀들　(소리) 여왕님!

난녀 4　모두들 돌아오는군요!

난녀들이 손을 오므리고 되돌아온다.

난녀 1　여왕님! 독사들에게 우리가 손짓하면 두 사람을 공격하
　　　　라고 이르고 왔어요!

여　왕　잘 했다!

난녀 2　이슬을 어떻게 할까요? 저 두 사람에게 뿌릴까요?

여　왕　아니다. 뿌리기 말고, 입에 넣어주려무나.

난녀 3　입에요? 무서워요!

여 왕   괜찮다! 안심하고 넣어라. 그리고 얼굴에도 뿌려 주거라.

난녀들이 두 사람에게 이슬을 먹이고 얼굴에도 뿌려준다.

난녀 4   여왕님! 움직이네요! 두 사람 다요!

여 왕   오! 깨어나는구나! 자! 우리는 두 사람의 행동을 살펴보기로 하자!

아버지와 아들이 정신을 차리고 일어나 앉는다.

영 석   아버지! 어떠세요? 다친 데는 없으세요?

아버지   괜찮은데… 다친 것 같지는 않구나, 너는 어떠냐?

영 석   저도 괜찮은데요. 꽤 높은 곳에서 굴러 떨어진 것으로 기억되는데, 다치지를 않았으니 기적이로군요.

아버지   정말 기적이다! (주위를 둘러보며) 여기가 절벽 맨 밑인가 보지?

영 석   (둘러보며) 그런 것 같군요. (시선을 난에 고정시켰다가 벌떡 일어난다)

아버지   왜? (난을 보고 벌떡 일어난다)

영석,아버지   중투다!

영 석   이쪽뿐 아니라 저쪽에도! 또 저 너머에도! 이 골짜기가 온통 중투로 차있군요!

아버지　네 할아버지 말씀이 사실이었구나! 골짜기가 온통 중투로 덮였어! 영석아! 우리는 큰 부자가 되었구나! 네가 장가갈 수 있게 되었어! (배낭에서 호미를 꺼낸다) 어서 캐자! 다 캐려면 무척이나 시간이 걸리겠구나! 영석아! 어서 서둘러라!

영 석　서두를 것 없어요! 중투가 어디로 도망치지는 않을 테니까요. 잠시 감상을 해도 늦지는 않을 걸요. (여왕에게 다가간다) 이토록 금빛 찬란한 중투가 있다니! (난녀4에게 간다) 어여쁘기도 하지! 사랑스럽구나!

난녀 4　(좋아서 어쩔 줄 모른다)

아버지　(다가가며) 내 평생에 이렇게 화려한 무늬의 중투는 처음 보는구나!

영 석　아름다워요!

（노래한다）

금실로 수를 놓은들 그대처럼 찬란하며
은실로 수를 놓은들 그대처럼 영롱하랴
은빛 이슬을 머금은 금빛 잎새를 펼쳐
맑고 그윽한 꽃향 바람결에 실려 보내면
아득히 먼 곳에 계신 내 사랑하는 님의
가슴속 깊은 곳까지 청아한 난향이 전해지는 것을
아! 난이여 나의 사랑 나의 난이여
나 그대를 아끼리 나 영원히 그대를 사랑하리.

아버지　그쯤하면 되었으니, 이제 캐자꾸나! 참으로 대단한 물건들이로구나!

영 석 글쎄 감상 좀 하고 캐자니까요. 이 옆에 있는 중투도 얼마나 아름답습니까?

아버지 난마다 하나하나 감상을 하면서 노래를 부른다면 어느 천년에 다 캐겠니? (호미를 번쩍 들며) 빨리 캐자꾸나!

영 석 안돼요! 참으시라니까요?

아버지 참으라니 왜? 저리 비켜라! 나 혼자 캐마!

영 석 그러지 마세요! 호미를 이리 주세요! 캐도 제가 캘 테니까요!

아버지 그럼 너는 너대로 캐라! (배낭에서 호미를 하나 더 꺼낸다)

영 석 절대로 안돼요!

아버지 뭐라고? 영석아! 도대체 왜 그러느냐?

영 석 저는 이제야 우리 할아버지가 왜 한 뿌리의 난도 캐지를 않고, 이 골짜기에서 되돌아 나오셨는지를 알았기 때문이에요.

아버지 그게 무슨 소리냐?

영 석 자세히 좀 보세요. 아버지도 보이시죠? 이 세상 어느 곳에 난이 잘 자랄 수 있도록 이렇게 알맞은 온도, 이토록 적당한 습도 그리고 이처럼 적절한 광선이 골고루 갖추어진 장소가 있을까요? 이 세상 어느 곳에 중투가 마음껏 자랄 수 있고, 중투가 제대로 번성할 수 있는, 여기처럼 아름답고 거대한 천연온실이 있을까요?

아버지 그게 네 할아버지가 빈손으로 되돌아 나오신 것과 무슨 상관이 있다는 거냐?

영 석   제주한란(濟州寒蘭)이나 홍도풍란(鴻島風蘭) 같은 천연기념물이 왜 멸종상태에 이르렀는지, 생각해 보셨어요? 이 골짜기를 보셨으니 아실 게 아니에요?

아버지   천연기념물인지 뭔지 하고 이 골짜기가 무슨 관계가 있는데?

영 석   아이고 답답해!

아버지   나도 답답해!

영 석   아버지! 광릉(光陵)의 크낙새를 서식지(棲息地)에서 잡아다가 새장 속에 가두고 기른다면 그 크낙새가 제대로 살까요?

아버지   글쎄?

영 석   제주도에서 자생하는 한란이나 홍도에서 바닷바람을 쐬고 자라는 풍란을 집에 가져다 키운다면, 한란이나 풍란이 제대로 사느냐고요?

아버지   그야 제대로 살 리가 없지.

영 석   그래서 할아버지가 되돌아 나오신 거라고요. 이 사곡을 다녀가신 후로는 평생 동안 심취하셨던 난에서 손을 떼신 거구요. 저는 그런 줄도 모르고, 다른 사람들 말대로 할아버지께서 실성을 하셔서 그러신게 아닌가 하고 생각한 적도 있었는데, 지금 이 골짜기를 보니, 할아버지께서 난에서 손을 떼신 까닭을 비로소 알겠어요.

아버지   그렇다고 우리까지 난에서 손을 뗄 수야 없지. 너만 해

46

도 그렇지, 얼마나 돈이 필요했으면 여기까지 들어왔겠
니?

(노래한다)

한란이건 풍란이건 찾아내야 돈이 되지
한란이건 풍란이건 캐다 팔아야 돈이 되지
한란이건 풍란이건 잔뜩 캐면 돈이 되는데
안 캔다는 것이 무슨 소리인고?
손을 떼다니 그게 되는 소리인가?

영 석　아버지!

아버지　영석아! 난을 사가는 사람들이 난을 제대로 기르고 안
기르고는 우리가 상관할 바가 아니지 않니? 더구나 중
투 같은 물건은 값이 아무리 비싸도 없어서 못 파는 형
편인데, 중투를 어떻게 찾아내느냐가 중요하지, 그걸
사간 사람들이 중투를 잘 기르고 못 기르고를 우리가
무슨 상관이냐?

영 석　무슨 말씀을 그렇게 하세요? 돈이 되기만 하면 크낙새
가 어찌되건 잡아다 팔겠다는 말씀이시잖아요?

아버지　꼭 그렇다는 건 아니지만, 천연기념물이 어떻고, 자연
보호나 환경보호다 하는 소리는 이 아비로서는 배부른
사람들의 탁상공론처럼 들리는구나. 아마 산삼이요! 중
투요! 하면 그 사람들이 제일 먼저 "좋아라!" 하고 달려
들게다. 또 크낙새야 값으로는 칠 수 없지만, 산삼이나
중투는 값이 형성되어 있고, 이곳의 중투는 최고 상품

이라서 열 촉만 캐어도 일억은 받을 수 있는데, 어째서 캐지 않고 내버려 둔단 말이냐? 영석아! 여러 말 말고 어서 난을 캐자꾸나! 쓸데없는 생각은 떨쳐버리고!

영 석 아니에요! 할아버지께서 하신 것처럼 이 골짜기의 난에 손을 대어서는 안돼요! 다른 사람이 캐려고 해도 말려야죠.

아버지 너를 장가들이기 위해서라도 난을 캐야한다!

영 석 장가 안 가도 괜찮아요!

아버지 장가를 안 가다니? 네가 이 골짜기로 들어온 목적이 뭔데?

영 석 아버지!

아버지 지금보다 더 잘 살기 위해서라도 난을 캐야한다! 손대기 싫다면 그대로 있거라! 나 혼자 캘 테니까!

영 석 캐지 마시라니까요! 그냥 내버려두세요!

아버지 캐겠다! (호미로 난 주위를 파기 시작한다)

영 석 멈추세요! 발밑에 뱀이!

아버지 뱀이? 악! 독사로구나! 아이고 물렸다!

영 석 아버지! (다가가 호미로 독사를 두들긴다) 어디 볼까요? 발목을 물리셨네. (배낭에서 붕대를 꺼내 넓적다리를 묶고 칼로 물린 데를 가르고는 입으로 독을 빨아내기 시작한다)

아버지 영석아! 네 오른쪽에 독사가! 아이고 왼쪽에도!

영 석 한두 마리가 아니로군요! 독사떼에요! 독사떼가 우리를 공격하는군요! 악! 저도 물렸어요!

아버지   나도 또 물렸다!

두 사람은 미친 듯이 독사를 짓밟고 걷어차고 하다가 고통스
러워하며 쓰러진다.

뱀 떼   (합창)
천길 아래 안개 낀 골짜기 사곡
두렵고도 신비한 골짜기 사곡
뱀이 많아서 사곡일까? 죽음이 서려서 사곡일까?
우리는 중투의 경호원!
우리는 자연의 경비병!
호미를 가진 자 이곳에 오기만 하거라
산채 꾼이건, 사냥꾼이건
가리지 않고 죽여 버리지, 작살을 내지
마리산 사곡은 중투의 나라
마리산 사곡은 독사의 천국
마리산 중투는 자연의 정화
마리산 독사는 자연의 수호자

9장

선숙이가 잠자다가 벌떡 일어난다.

선 숙   악! 안 돼! 죽으면 안 돼!

남자1과 2가 뛰어 들어온다.

남자1,2   뭐야? 왜 그래?

선 숙   (운다)

남자 1   무슨 일이야?

남자 2   왜 소리를 지르고 울고불고 야단이야?

선 숙   나가! 오빠들 나가!

남자1,2   나가?

선 숙   그래! (울음을 터뜨리며) 영석씨가 죽으면 어떡해?

남자1,2   영석이가 죽어? 왜?

선 숙   마리산 사곡으로 갔단 말이야!

남자1,2   마리산 사곡으로?

선 숙   중투를 캔다고 갔어!

남자1,2   중투를 캔나고?

선 숙   응. 산꼭대기에서 동남쪽으로 난 길을 따라 절벽 아래로 내려가야 하는데, 길이 워낙 험해서 잘못하다가는 떨어져 죽는다고 그랬어.

남자1,2 그게 정말이야?

선 숙 정말이지 않고. 내 꿈에 영석씨가 죽었어! 골짜기 아래로 떨어져서! 진짜 죽었으면 어떡하지?

남자1 김차섭 씨한테 시집갈 텐데, 영석이가 죽건 말건 무슨 상관이야?

선 숙 나 시집 안 가!

남자1,2 시집 안 가?

선 숙 김차섭 씨한테 시집가지 않을 거야!

남자1,2 뭐야?

선 숙 (노래한다)

나는 그 사람 좋아하지 않아

나는 그 사람 사랑하지 않아

좋아하지 않는데 어떻게 가?

사랑하지 않는데 갈 수가 있어?

돈이 많으면 뭘 해? 좋아하지 않는 걸

부자가 무슨 소용이야? 사랑하지 않는 걸

나는 좋아하는 사람에게 갈 거야

나를 사랑하는 사람에게 갈 거야

남자1,2 돌았군!

선 숙 그래 돌았어! 그러니 이제 오빠들은 나를 지키지 말아! 나가! 어서 나가라고!

남자1,2   알았어! (나간다)

방밖.

남자1,2   (노래한다)
마리산 정상의 동남쪽 골짜기
마리산 사곡은 중투의 골짜기
희망의 골짜기, 꿈의 골짜기
환상의 골짜기, 횡재의 골짜기
황금의 골짜기
김차섭에겐 돈을 먹고
사곡에 가선 중투를 캐고
꿩 먹고, 알 먹고
돈 놓고, 돈 먹고.

방안.

선 숙   영석씨!
(노래한다)
중천에 높이 떠있는 달님
달님은 세상 모두 다 보죠?
달님 제발 가르쳐 주세요
그이가 어디에 있는지?

제발 가르쳐 주세요

천길만길 낭떠러지 위에 있는지?

독사 우굴 거리는 바위굴에 있는지?

달님 두 손 모아 빕니다,

그이가 무사하도록, 아무 일도 없도록

달님 정성 다해서 빌겠어요,

그이 발길을 환히 비추어 주소서!

10장

여왕과 난녀들이 아버지와 아들에게 가까이 간다.

여 왕　　두 사람 다 죽었느냐?

난녀 1　　그런 것 같아요. 여러 군데를 물렸으니 죽었을 거예요.

난녀 2　　우리 몸에 손을 대려고 했으니 당연하지.

난녀 3　　이 골짜기로 내려온 것부터가 잘못이야!

난녀 4　　그렇지만 가엾어!

난녀들　　가엾어?

난녀 4　　그래. 더구나 영석이라는 사람은 착한 사람이었는데…

난녀들　　착한 사람?

난녀 4　　모두들 보았잖아? 영석이라는 사람은 우리를 건드리지
　　　　　　못하도록 아버지를 말렸어. 어쩌면 이 두 사람은 여왕
　　　　　　님께서 말씀하신 이십 년 전에 이 골짜기로 내려왔다가
　　　　　　살아서 돌아간 바로 그 사람의 아들과 손자일 거야.

난녀들　　아들과 손자?

여 왕　　맞다!

난녀 4　　여왕님! 그렇다면 손자 쪽은 죽여서는 안 되잖아요?

여 왕　　하지만 아버지와 함께 물렸으니 하는 수 없지!

난녀 4　　안 됩니다 여왕님! 살려야 해요!

(노래한다)

여왕님 살려주세요

우리를 아끼고 사랑하던 이 분을

여왕님 살려주세요

노래를 부르고 피리 부시던 할아버지처럼

마음이 깨끗한 이 분을

여 왕 살리라고? 글쎄? 어떻게 살리지?

(노래)

약을 먹여 살리나?

침을 놓아 살리나?

뜸을 떠서 살리나?

향을 피워 살리나?

난녀 1 (노래)

약이 좋아요, 해독약으로요

뱀독을 없앨 수 있으니까요

난녀 2 (노래)

침이 좋아요 침을 놓아서요

뱀독을 뽑을 수 있으니까요

난녀 3 (노래)

뜸이 좋아요 뜸을 뜨면요

뱀독을 태울 수 있으니까요

여 왕 (노래)

향이 좋잖아? 향을 피우면요

뱀독을 풀을 수 있으니까요

(난녀4에게 묻는다)

너도 불러 봐. 무엇으로 살리면 좋겠는지?

난녀 4 (노래)

어떤 방법이건 살려만 주세요

여왕님은 살리실 수 있으니까요

살리시려면 자비를 베푸셔서

두 사람을 모두 살려주세요.

난녀들 두 사람을 다?

여 왕 어째서 두 사람을 살려야 하지?

난녀 4 할아버지와 똑같은 생각을 갖도록, 아들이 아버지를 설득할 기회를 주어야 한다고 생각해요.

여 왕 좀 전에도 설득을 못 시켰는데, 설득시킬 수 있을까?

난녀 4 그럼요, 그만치 혼이 났으니까요. 아버지가 납득을 할 거예요.

여 왕 그래? 너희들 생각도 같으냐?

난녀 1 (노래)

난 중에는 꽃을 피워도

향이 없는 난이 있지만

난녀2,3 (노래)

향이 없는 난이 있지만

난녀 1 (노래)

우리들이 꽃을 피우면

꽃향기 진동한다네

난녀2,3 (노래)

꽃향기 진동한다네

난녀 2 (노래)

사람 중에는 여유가 있어도

연극을 안 보는 사람이 있지만

난녀1,3 (노래)

연극을 안 보는 사람이 있지만

난녀 3 (노래)

사람 중에는 여유가 없어도

연극을 열심히 보러 다니는

멋진 사람도 있다네

난녀1,2 (노래)

멋진 사람도 있다네

난녀1,2,3 (노래)

그런 사람이 멋쟁이!

난녀들 (노래)

그런 사람이 멋쟁이!

여 왕 그래? 그렇다면 아들의 설득에 아버지가 납득을 할까?

난녀 4 오! 여왕님! 틀림없이 납득할 거예요.

난녀1,2,3 그래요, 납득할 수도 있을 거예요.

여 왕 그럴까? 그렇다면 두 사람을 다 살리기로 하자.

난녀 4 한 가지만 더…

여 왕 한 가지만 더?

난녀 4 시간을 되돌아 가 주십사고…

난녀들 시간을 되돌아 가 주십사고?

여 왕 시간을 되돌아가다니, 그게 무슨 소리냐?

난녀 4 두 사람이 독사에게 물려서 기절한 시각이 아니라, 처음에 이 골짜기로 떨어져 기절한 시각으로요.

난녀들 뭐야? 그걸 어떻게… ?

난녀 4 여왕님께선 하실 수 있을 거야.

난녀들 하실 수 있다고?

여 왕 해보자꾸나! 자— 시간아! 두 사람이 처음 골짜기로 떨어진 바로 그 시각으로 되돌아 가거라! (팔을 하늘로 치켜든다)

바람소리와 함께 비명이 들리고, 바위가 부딪치며 떨어진다.

fade—out

11장

fade—in 되면, 골짜기 바닥에 아버지와 아들이 쓰러져 있다. 난녀들이 아버지와 아들의 입에 이슬을 넣고 얼굴에도 뿌려준다. 두 사람이 움직이기 시작한다.

영 석   아버지! 어떠세요? 다치신 데는 없으세요?

아버지   괜찮은데… 다친 것 같지는 않구나. 너는 어떠냐?

영 석   저도 괜찮아요. 꽤 높은 곳에서 떨어진 것으로 기억하는데. 다치지를 않았으니 기적이로군요!

아버지   정말 기적이다! (주위를 보며) 여기가 골짜기 맨 밑인가 보지?

영 석   그런 것 같군요. (시선을 난에 고정시켰다가 벌떡 일어선다)

아버지   왜? (난을 보고 벌떡 일어선다)

영석,아버지   중투다!

영 석   이쪽뿐 아니라 저쪽에도! 또 저 너머에도! 이 골짜기가 온통 중투로 차있군요!

아버지   네 할아버지 말씀이 사실이었구나! 골짜기가 온통 중투로 덮였어!

영 석   (여왕에게 다가간다) 이토록 금빛 찬란한 중투가 있다니! (난녀4에게 가까이 간다) 어여쁘기도 하지! 사랑스럽구나!

난녀 4   (좋아서 어쩔 줄을 모른다)

아버지   내 평생에 이렇게 화려한 무늬의 중투는 처음 보는구나!

영 석   아름답죠?

아버지   암!

영석,아버지   (노래한다)

금실로 수를 놓은들 그대처럼 찬란하며

은실로 수를 놓은들 그대처럼 영롱하랴

은빛 이슬을 머금은 금빛 잎새를 펼쳐

맑고 그윽한 꽃 향 바람결에 실려 보내면

아득히 먼 곳에 계신 내 사랑하는 님의

가슴속 깊은 곳까지 청아한 난향이 전해지는 것을

아! 난이여 나의 사랑 나의 난이여

나 그대를 아끼리 나 영원히 그대를 사랑하리!

영 석   아버지! 저는 이제야 할아버지께서 왜 한 뿌리의 난도 캐시지 않고, 이 골짜기에서 되돌아 나오셨는지를 알겠군요.

아버지   나도 알겠구나!

영 석   자세히 보세요. 이 세상 어느 곳에 이렇게 알맞은 온도, 이토록 적당한 습도, 이처럼 적절한 광선이 골고루 갖추어진 장소가 있을까요? 이 세상 어느 곳에 중투가 마음껏 자랄 수 있고, 중투기 변성할 수 있는, 여기처럼 아름답고 거대한 천연온실이 있을까요? 아버지! 여기는 난이 자생하기에 최상의 상태를 유지시키고 있는 곳이로군요.

아버지   정말 그렇구나! 참으로 다행스러운 일이다. 어쩌면 여기는 신께서 보호하고 계시는 곳인지도 모르지.

영 석   신께서요? 그럼요, 그렇고말고요. 신께서 보호하고 계시는 곳이니, 신의 물건에 손을 대어서는 더더욱 안 되죠. 할아버지께서도 우리와 같은 생각을 하셨을 거예요.

아버지   암!

영 석   아버지! 일확천금을 해서 장가를 가겠다는 생각을 한 것이 부끄러워지는군요.

아버지   나 역시 그렇구나!

영 석   여하튼 이렇게 잘 보존된 난의 자생지를 발견했으니, 얼마나 기쁜지 모르겠군요! 게다가 사곡을 보존하려고 하셨던 할아버지의 숭고한 마음씨도 알았으니, 더더욱 가슴이 뿌듯하고요. 그리고 아직도 난이 자생할 수 있는 환경이 잘 갖추어진 이 땅에서 살고 있으니, 얼마나 좋은지 몰라요!

아버지   아무렴! 영석아! 어서 퉁소를 꺼내 불어라! 너는 퉁소를 불고, 이 아비는 춤을 추어서 오늘의 이 기쁨을 만끽하자꾸나!

영석이가 품에서 퉁소를 꺼내 불기 시작하면, 가락에 맞춰 아버지가 춤을 춘다.

갑자기 헬리콥터의 프로펠러 소리와 함께 공중에서 밧줄이 내려지고, 밧줄에 매달려 김차섭과 남자1,2가 내려온다. 세 사람을 내려놓고 헬리콥터의 떠나는 소리.

영　석　아니? 선숙이 오빠들이… 김차섭씨도 같이!

아버지　여기를 어떻게 알고 뒤따라 왔을까?

남자 1　아! 영석이! 그래 중투를 찾아냈어?

남자 2　여기 중투가 많아?

김차섭　중투다! 으와! 중투가 꽉 찼구나!

남자1,2　으와! 중투다!

　　　　（노래한다）

　　　　중투로구나 중투! 중투로구나 중투!

　　　　여기도 저기도 중투! 중투, 중투, 중투!

　　　　사곡이 온통 중투로 찼구나!

　　　　사곡이 온통 중투로 좍 깔려있네!

　　　　횡재로구나 횡재! 횡재로구나 횡재!

　　　　여기도 저기도 횡재! 횡재, 횡재, 횡재!

　　　　골짜기 온통 돈으로 찼구나!

　　　　골짜기 온통 돈으로 좍 깔려있네!

　　　　얼씨구 좋구나, 지화자 좋다!

　　　　중투를 캐세, 노다지 캐세!

　　　　한 뿌리 중투도 남기지 말아라!

　　　　모조리 사그리 싹 쓸어 캐자꾸나!

김차섭 자! 어서 중투를 캐세! (배낭에서 삽을 꺼낸다)

남자1,2 캐야죠. (호미를 꺼낸다)

영 석 잠깐! 중투에 손을 대어서는 안 돼!

남자 1 왜? 골짜기가 중투로 꽉 차있는데 캐면 어때서?

영 석 그래도 안 돼!

남자 2 왜 안 된다는 거지? 아! 먼저 발견했다고 그러는 거야?

영 석 그게 아니라…

김차섭 쓸데없이 시간 낭비하지 말고, 어서 중투를 캐자고!

영 석 안 된다니까!

김차섭 (남자1과 2에게) 어서 캐! 이 두 사람에게 신경 쓰지 말고!

아버지 캐지 마라! 천벌을 받을지도 몰라!

김차섭 천벌? 하하하! 웃기는군! 캐는 사람이 임자지. 어서 캐!

아버지 안 돼!

김차섭 (총을 뽑아든다) 저리 비켜! 어서 캐! 내가 이 두 사람을 막을 테니까!

남자1,2 (중투를 캐기 시작한다)

영 석 멈춰!

김차섭 시끄러워! 방해하면 쏜다!

아버지 독사다! 자네들 발밑에 독사가!

남자1,2 독사? 어! 정말! 독사떼다!

남자 2 형! 어서 자루를 꺼내!

남자 1 자루는 왜? (꺼내준다)

남자 2 뱀을 잡으려고! 봐! 살무사야! 요즘 살무사가 얼마나 비싼데? 우선 독사부터 잡자고!

남자1,2 (노래한다)

살무사 열 마리 오십만 원이요

살무사 백 마리 오백만 원이구나

얼씨구 좋구나, 절씨구 좋구나

마리산 사곡에 뱀의 씨를 말리세

독사를 잡세, 살무사 잡세

모조리 사그리 싹 쓸어 잡자꾸나!

얼씨구 좋구나, 절씨구 좋구나

마리산 사곡에 뱀 씨를 말리세

뱀 씨를 말리세! 뱀 씨를 말리세

모조리 사그리 싹 쓸어 잡자꾸나!

김차섭 잘 한다! 잡아라! 나는 중투를 캘 테니까!

영 석 캐지 말라니까!

김차섭 정말 쏜다! (총을 겨눈다)

아버지 영석아! 물러 서거라! (영석을 잡아당긴다)

김차섭 으흐흐흐! 이렇게 훌륭한 중투는 처음 본다! (중투에 손을 댄다)

갑자기 새의 날카로운 울음소리와 함께 수리부엉이가 나타나 김차섭을 공격한다.

김차섭 악! (눈을 감싸며) 내 눈! 내 눈!

수리부엉이가 남자1과 2도 공격한 후 날아간다.

남자1,2 (눈을 감싸며) 악! 내 눈! 내 눈! 눈이 안보여!
영 석 수리부엉이에요! 세 사람의 눈을 파갔어요!

독사 떼가 나타나 세 사람에게 덤벼든다.

뱀 떼 (합창)
천길 아래 안개 낀 골짜기 사곡,
두렵고도 신비한 골짜기 사곡,
뱀이 많아서 사곡일까?
죽음이 서려서 사곡일까?
우리는 중투의 경호원!
우리는 자연의 경비병!
호미를 가진 자 이곳에 오면
산채 꾼이건, 사냥꾼이건
가리지 않고 죽여 버리지, 작살을 내지
마리산 사곡은 중투의 나라
마리산 사곡은 독사의 천국
마리산 중투는 자연의 정화
마리산 독사는 자연의 수호자!

세 사람 버둥거리다 움직임을 멈춘다.

아버지　세상천지에 이렇게 무서운 일이! 저자들은 필시 중투의
　　　　저주를 받은 것일 게다!

영 석　저주를요?

아버지　암! 저주고말고, 신의 물건에 손을 대었으니, 당연히 저
　　　　주를 받은 거지. 영석아! 우리는 돌아가자꾸나! 어서!

　　　　영석과 아버지가 세 사람의 손을 잡고 암벽 가까이 가서 오
　　　　르기 시작한다.
　　　　사람들이 모두 가버리면 난과 여왕이 모습을 나타낸다.

난녀들　(합창)
　　　　허공에 우뚝 솟은 마리산을 보아라!
　　　　구름 위에 치솟은 신령스런 봉우리
　　　　조상님이 물려주신 풍요한 삶의 근원
　　　　바라만 보아도 가슴 뛰네!
　　　　천길 아래 안개 낀 동남쪽 골짜기 사곡
　　　　독사가 있어서 사곡일까? 죽음이 서려서 사곡일까?
　　　　마리산 사곡은 갈 수 없는 곳
　　　　전해 오는 이야기를 믿지 못하나
　　　　그곳은 찬란한 중투의 나라
　　　　그곳에 가서 돌아온 이 없으니
　　　　세월은 흘러도 전설만 남아있네

여 왕　여러분! 아버지와 아들처럼 우리를 자생지에 그대로 내

버려 두려는 사람이 얼마나 될까요? 산삼이 씨가 마르듯 중투도 머지않아 없어져 버릴 거예요. 대부분의 사람들이 중투를 발견하는 즉시 캐어가니까요. 여기 사곡에는 여름이면 잡초와 덤불이 무성해져서 우리들 중투가 눈에 띄지를 않게 되고, 겨울에는 눈 속에 파묻혀 보이지 않게 되니, 여름이나 겨울에는 괜찮지만, 봄하고 가을에는 어쩔 도리가 없답니다. 우리는 우리들대로 보호하는 수단이 있지 않느냐고요? 그거야 연극이라 그렇지 그게 가능한 일입니까? 어림없죠. 우리는 그저 착한 사람들의 마음씨에 기대를 할 뿐입니다. 언젠가는 제가 죽고, 가장 착하고 아름다운 중투가 제 자리를 계승해서 새로운 난의 여왕이 된다고 해도, 우리가 기대할 수 있는 것은 오로지 우리를 보호해 주려는 사람들의 따뜻한 마음씨뿐이랍니다. 바로 여기 계신 여러분의 마음씨죠. 그럼 이제 마지막 장면을 보실까요?

12장

영석이와 아버지가 난 가게로 돌아온다. 선숙이가 나와서 맞이한다.

영 석   아니? 선숙이가… !

선 숙   영석씨!

아버지   선숙이가 우리 가게를 봐줬구나?

선 숙   아버님!

아버지   그동안 애썼다! 어서 가게 안으로 들어가자꾸나.

영 석   고마워 선숙아.

선 숙   고맙긴? 그런데 이상한 일이 생겼어. 가게 안에 난들이 물이 부족한 것 같아서 쌀뜨물을 주었는데, 춘란 잎이 모두 노랗게 변해버렸어.

영 석   잎이 변했다고? 어디… 아니? 이럴 수가! 아버지!

아버지   왜 그러느냐?

난을 보는 아버지와 아들.

영석,아버지   중투다!

선 숙   중투요?

아버지   그래! 춘란이 모두 중투로 변했구나! 여기도, 저기도!
그리고 저 구석에 있는 춘란까지!

선 숙   영석씨!

아버지   우리는 큰 부자가 되었구나! 영석아! 이제 네가 선숙이
한테 장가갈 수 있게 되었어!

영 석   아버지!

선 숙   (달려가 영석의 품에 안긴다)

종장 (終場)

마을회관.

사람들이 모여 영석과 선숙의 결혼을 축하한다. 싱글벙글하는
아버지. 사진사가 기념촬영을 한다.

노래 소리가 들리며, 여왕을 비롯한 난녀들이 춤추며 다가온다.

여왕,난녀 (노래한다)

금실로 수를 놓은들 그대처럼 찬란하며

은실로 수를 놓은들 그대처럼 영롱하랴.

은빛 이슬을 머금은 금빛 잎새를 펼쳐

맑고 그윽한 꽃향 바람결에 실려 보내면

아득히 먼 곳에 계신 내 사랑하는 님의

가슴속 깊은 곳까지 청아한 난향이 전해지는 것을

아! 난이여 나의 사랑 나의 난이여

나 그대를 아끼리 나 영원히 그대를 사랑하리!

영석과 선숙의 주위로 여왕과 난녀들이 둘러서면, 사진사의
플래시가 펑하고 터진다.

깜짝 놀라는 난녀들의 모습에서 fade out.

한국 희곡 명작선 12

뮤지컬 황금잎사귀

초판 1쇄 인쇄일   2019년 1월 16일
초판 1쇄 발행일   2019년 1월 25일

지 은 이   박정기
만 든 이   이정옥
만 든 곳   평민사
           서울시 은평구 수색로 340 [202호]
           전화: (02) 375-8571(代)
           팩스: (02) 375-8573
           http://blog.naver.com/pyung1976
           이메일 pyung1976@naver.com
등록번호   제251-2015-000102호
 정 가   6,000원

  ※ 이 책은 사단법인 한국극작가협회가 한국문화예술위
     2019년 제2회 극작엑스포 지원금을 받아 출간하였습니다.